# *Albert Einstein*
## UN GENIO CREATIVO

Por Joanne Mattern y Laurence Santrey
Ilustrado por Ellen Beier

SCHOLASTIC INC.
New York   Toronto   London   Auckland   Sydney
Mexico City   New Delhi   Hong Kong   Buenos Aires

Originally published in English as *Albert Einstein: Creative Genius*

Translated by Carmen Rosa Navarro

ISBN 0-439-87479-3

12 11 10 9 8 7                                          17

Printed in the U.S.A.

First Spanish printing, September 2006

# CAPÍTULO 1:
# *Un juguete maravilloso*

El niño tenía cinco años y estaba en cama con un resfriado que lo había mantenido allí varios días. Sonrió cuando su padre entró en la habitación.

—Mira lo que te traje, Albert —dijo Hermann Einstein, tratando de animar a su hijo. El Sr. Einstein estiró la mano y le mostró un objeto redondo y reluciente: era una brújula.

Albert se olvidó al instante del catarro y la fiebre. Estaba fascinado con la brújula que su padre le había regalado, especialmente con la aguja magnética que había dentro y señalaba hacia el norte. Sin importar en qué dirección hiciera girar la brújula, la aguja seguía apuntando hacia el norte.

Albert jugó con la brújula hasta que su madre
entró para decirle que tenía que dormir, pero
incluso entonces se quedó apretándola en la
mano. La brújula despertaba en él una gran
curiosidad. Albert se preguntaba: "¿Por qué señala
la aguja siempre hacia el norte? ¿Habrá otros
juguetes como este? ¿Cómo serán?".

Los padres de Albert, Paulina y Hermann
Einstein, también se hacían preguntas, pero eran
acerca de Albert. Estaban preocupados por su
hijo. El Sr. Einstein le preguntó a su esposa si le
parecía que Albert pudiera tener algún problema.
Después de todo, el niño no había empezado a
hablar sino hasta después de cumplir los tres años.
Incluso ahora, no hablaba mucho.

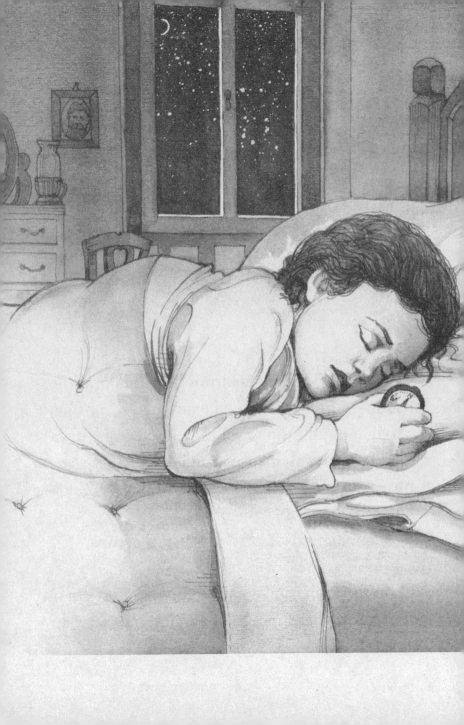

—No debemos preocuparnos —dijo la Sra. Einstein—. El médico lo ha examinado y nos ha dicho que es un niño sano. El hecho de que haya tardado tanto en hablar no quiere decir que sea tonto.

Su esposo suspiró.

—Bueno, como nosotros no somos genios, nuestro hijo tampoco lo es.

El Sr. Einstein estaba equivocado. Albert era un genio, y con el tiempo, todo el mundo lo sabría.

# CAPÍTULO 2:
# *Una familia feliz*

Albert Einstein nació el 14 de marzo de 1879 en Ulm, una pequeña ciudad de Alemania. Su padre tenía un pequeño negocio de equipos eléctricos.

El Sr. Einstein se llevaba muy bien con la gente, pero no era muy bueno para los negocios y, al cabo de un año, fracasó. Entonces a Jakob, el hermano del Sr. Einstein, se le ocurrió una idea. Jakob tenía un negocio de equipos eléctricos en Munich, una de las principales ciudades de Alemania, y le pidió al padre de Albert que se trasladara a Munich para que fuera su socio. Jakob administraría el negocio y Hermann atendería a los clientes.

La vida de los Einstein en Munich era muy agradable. Muchos de sus parientes vivían cerca. Además, Munich era una ciudad magnífica para vivir. Tenía hermosas galerías de arte, salas de concierto, bibliotecas y un teatro de la ópera. Hermann y Paulina disfrutaban de todo esto. Amaban la música, la literatura y el arte.

Hermann y Paulina adoraban a su único hijo, pero Albert no era como los demás niños. Pasaba horas y horas jugando solo. Tenía mucha paciencia y podía trabajar en un proyecto durante mucho tiempo. Su madre lo veía construir enormes torres de naipes. Si las torres se desmoronaban, Albert no lloraba. Simplemente recogía los naipes y volvía a construir las torres.

Además, le encantaba leer. A diferencia de muchos niños, a Albert no le gustaban los cuentos de niños. Leía únicamente libros sobre temas serios. Su pasatiempo favorito consistía en aprender cosas nuevas.

Un año después del traslado de la familia a
Munich, la Sra. Einstein tuvo una hija a la que
le pusieron el nombre de Maya. Albert tenía dos
años y estaba encantado de tener una hermanita.
Le encantaba observarla mientras la niñera la
atendía. Cuando su hermana lloraba, Albert le
hacía cosquillas y se ponía feliz al ver cómo las
sonrisas reemplazaban las lágrimas. Albert y Maya
fueron buenos amigos durante toda su vida.

El negocio de equipos eléctricos de Hermann y Jakob Einstein prosperó. Al poco tiempo, los dos hermanos construyeron una casa doble en las afueras de Munich. En realidad, se trataba de dos casas juntas. Alrededor de la casa había un jardín enorme con árboles grandes, áreas de juego para los niños, muchas flores y una pequeña laguna. Toda la propiedad estaba rodeada por un muro alto. Era un lugar maravilloso para un niño pequeño con una gran imaginación.

# CAPÍTULO 3:
# *Caminatas largas y música*

Los Einstein eran una familia muy unida y compartían muchos momentos felices. Cuando Albert tenía unos sesenta años, recordaba con cariño los domingos típicos de su infancia. El día empezaba con una animada conversación durante el desayuno para decidir adónde irían. La

Sra. Einstein escogía un lugar de destino, una aldea o un pueblo pequeño en los alrededores de Munich. Luego, el Sr. Einstein escogía la ruta que iban a seguir.

A Albert y a Maya les encantaba escuchar los planes que hacían sus padres: en qué laguna se detendrían, qué colinas treparían y qué paisajes admirarían. El Sr. Einstein estaba a cargo de encontrar la hostería "perfecta" para comer. Debía ser acogedora y la comida tenía que ser buena. Los niños Einstein no recordaban haber tenido jamás una caminata dominical decepcionante.

Las caminatas que disfrutaba con su familia cuando era niño despertaron en Albert el amor por la naturaleza. De joven, siguió haciendo caminatas largas. Mientras caminaba, su mente trabajaba. Reflexionaba sobre la naturaleza, el tiempo, el espacio y todos los misterios del universo. Las teorías científicas que un día sacudirían al mundo y llevarían a Albert a la fama nacieron durante esas caminatas.

El Sr. Einstein y su esposa inculcaron en sus hijos el amor por la música. La Sra. Einstein tocaba el piano todos los días. Le parecía importante que sus hijos tocaran instrumentos musicales. Por eso, a los seis años, Albert empezó a tomar clases de violín.

Practicaba por lo menos una hora al día. La música lo deleitaba y Albert ponía todo su empeño

en tocar bien. Sin embargo, la Sra. Einstein sabía
que su hijo nunca sería un gran músico.

Un día, la Sra. Einstein vio que su hijo se
esforzaba por tocar una pieza musical difícil.

—Albert —le dijo—, en el mundo hay pocas
personas con esa chispa especial que hace que un
músico sea brillante, pero la música también nace

del corazón. Yo no toco en salas de concierto, toco por mi propio placer y por el placer de mi familia. El violín puede ser lo mismo para ti, un instrumento que te cause alegría y te dé paz interior.

Albert siguió practicando y tomando lecciones de violín, pero no sobresalía. Entonces, cuando tenía trece años, ocurrió algo extraordinario.

Estaba tocando una pieza musical del gran compositor Wolfgang Amadeus Mozart. El adolescente estudió la partitura y, de pronto, descubrió que la música seguía un patrón tan definido como el de las matemáticas que él conocía tan bien. Fue un descubrimiento maravilloso para él. A partir de ese momento, Albert tocó el violín con un conocimiento más profundo. Además, descubrió que tocar música lo relajaba. La música sería siempre una parte importante de su vida.

# CAPÍTULO 4:
## *Días de escuela*

Albert ingresó en la escuela cuando tenía cinco años. La mayoría de sus maestros eran amables y las normas no eran demasiado estrictas. A Albert no le gustaban los deportes ni los juegos militares. Cuando era pequeño, sus padres lo llevaron a un desfile militar. Pensaron que le gustaría ver marchar a los soldados, pero Albert se asustó tanto al verlos que empezó a llorar desconsoladamente. Cuando sus padres lo llevaron a casa, Albert les dijo que esos soldados que se movían juntos parecían una máquina enorme. Nunca se olvidó de su reacción ante el desfile. A diferencia de la mayoría de los niños, a Albert no le gustaban los uniformes, las armas de juguete ni las espadas. Incluso de niño, amaba la paz. Albert llegaría a ser un adulto

dedicado a los ideales de un mundo pacífico. Con el tiempo, esos ideales lo obligaron a salir de Alemania para siempre.

A Albert le fue bien en la escuela primaria. En 1886, cuando tenía siete años, la Sra. Einstein le escribió a su madre: "Albert trajo ayer sus notas de la escuela. Está nuevamente a la cabeza de su clase y tiene una libreta de calificaciones brillante".

En 1889, a los diez años de edad, Albert ingresó en una escuela secundaria llamada Luitpold Gymnasium. En alemán, se denomina *Gymnasium* a un colegio especial con un programa de estudios riguroso donde los estudiantes aprenden matemáticas, ciencias, historia, idiomas modernos y lenguas antiguas, como el latín y el griego. No

significa, como en español, un lugar donde la gente hace ejercicios físicos.

A Albert no le gustaba para nada el *Gymnasium*. Los alumnos tenían que aprender todo de memoria y rara vez se les permitía hacer preguntas. Los profesores explicaban las materias durante la clase y los alumnos tenían que anotar todo lo que los profesores decían.

Cuando un profesor llamaba a un alumno, esperaba que este contestara su pregunta a la perfección, repitiendo las palabras del profesor al pie de la letra. Los profesores de Luitpold eran muy estrictos.

Trataban a los estudiantes como si fueran pequeños soldados. Los estudiantes tenían que usar uniformes, ponerse de pie o sentarse muy rectos todo el tiempo y marchar de clase en clase como si fueran tropas militares. Cuando se portaban mal, solían recibir castigos físicos.

A Albert, que era callado y pensativo, no le fue bien en la escuela. No le gustaba memorizar datos y reglas. Años después, recordaba: "Como alumno, yo no era ni bueno ni malo. Mi mayor debilidad era mi poca memoria, especialmente para las palabras y los textos".

Albert solía hacerle a su familia este tipo de preguntas: "¿Cómo se produce la oscuridad?" "¿De qué están hechos los rayos del sol?" "¿Cómo sería bajar por un rayo de luz?". Para Albert, era mucho más interesante encontrar respuestas a estas preguntas que sentarse en una clase para memorizar datos y fechas.

Algunos profesores no comprendían por qué Albert pensaba de modo diferente que los demás alumnos. Simplemente creían que era un mal alumno. Una vez, su profesor de griego le dijo: "Jamás llegarás a ser nada". En otra ocasión, el Sr. Einstein le preguntó al director del colegio: "¿Qué profesión podría seguir Albert?". El director le contestó: "Da igual, Sr. Einstein, porque Albert nunca triunfará en nada".

¡Qué equivocado estaba el director!

# CAPÍTULO 5:
## *Un amigo especial*

Muchas veces, a Albert le resultaba difícil llevarse
bien con todos en el colegio. Y la mayoría de sus
profesores no sabía que él hacía ejercicios avanzados
de matemáticas por su cuenta. Todo empezó cuando
Jakob Einstein le regaló a su sobrino un libro de
geometría cuando este tenía doce años. El libro le
proporcionó interminables horas de placer. Su mente
no había recibido tanto estímulo desde aquella vez
que le regalaron la brújula.

Albert aprendió geometría por su cuenta
rápidamente. Como nadie le decía cómo debía
pensar acerca de la materia, tenía libertad para

pensar por sí mismo. Cuestionaba todos los datos del libro de geometría. Cuando no había respuestas, las encontraba por su cuenta. Cuando había respuestas, verificaba si eran verdaderas y averiguaba por qué lo eran.

Casi al mismo tiempo, Albert empezó a interesarse por otra materia importante, la filosofía. Todo empezó cuando un estudiante de medicina llamado Max Talmey se convirtió en un invitado regular a cenar en casa de los Einstein. En el barrio en el que vivían, cada familia tenía que invitar a cenar a un estudiante una vez a la semana. De esa manera, los estudiantes que no tenían mucho dinero no tenían que preocuparse ese día por el costo de la comida. Además, podían comer en casas diferentes los demás días de la semana.

A Talmey le tocaba cenar en casa de los Einstein los jueves. Albert esperaba los jueves con ansia porque Talmey conversaba con él sobre ciencias y filosofía. La filosofía es el estudio del significado de la vida y del universo.

Talmey rápidamente se dio cuenta de que
Albert tenía una mente brillante. El estudiante
de medicina le dio a Albert libros de filosofía
bastante difíciles. Después de leerlos, Albert
y Talmey los comentaban. A los trece años, el
muchacho empezó a pensar en cosas en las que

nunca había pensado antes. Quería saber cómo funcionaba el universo. Quería estudiar las leyes de la naturaleza. Quería encontrar respuestas a preguntas que habían dejado perplejos a científicos y filósofos durante siglos. Albert cuestionaba las ideas aceptadas en su época. Sabía que aún había mucho que aprender sobre el espacio y el tiempo.

En la época de Albert, era imposible viajar a las estrellas o más allá de ellas. La única forma de hacerlo era mentalmente. Por eso, Albert empezó a estudiar la materia a la que dedicaría toda su vida. Se enfrascó en una clase de ciencias llamada física teórica, una ciencia que observa el mundo físico y trata de explicarlo mediante las matemáticas. En la física teórica, se estudia todo lo relativo a la Tierra, desde los átomos más pequeños hasta las galaxias.

Max Talmey estaba muy impresionado con el joven Albert. Años después, Talmey escribió: "Al poco tiempo, el vuelo del genio matemático de Albert era tan alto que yo ya no podía seguirlo".

# CAPÍTULO 6:
## *Una vida nueva*

En 1894, la fábrica de los Einstein se cerró.
Esta vez, la ayuda vino de una prima de la Sra.
Einstein. La familia hizo sus maletas y se trasladó
a Milán, Italia. La prima de la Sra. Einstein había
abierto allí una sucursal del negocio de la familia
y le pidió al Sr. Einstein que la administrara.

Albert se quedó en Munich. El muchacho tenía
quince años y se fue a vivir a una pensión para
continuar sus estudios. Su familia esperaba que
terminara el año escolar, obtuviera su diploma y
empezara a estudiar en la universidad, pero esos
planes se vinieron abajo poco después de que los
Einstein se fueron a Milán.

Aunque Albert era brillante en matemáticas y
filosofía, su rendimiento estaba por debajo de lo
normal en otras materias. Además, sus profesores
no lo querían porque Albert solía hacerles preguntas
que no podían contestar. A veces, llegaba a desafiar
la disciplina rígida del colegio.

Einstein describió lo que sucedió después de que
su familia se trasladó a Munich: "Mi profesor me
llamó y me dijo que me fuera del colegio. Cuando
le dije que yo no había hecho nada malo, me

respondió: 'Tu sola presencia menoscaba el respeto que la clase me tiene'".

Albert ya estaba cansado del colegio. Además, sabía que al cumplir diecisiete años tendría que ingresar en el ejército alemán y eso era algo terrible para una persona que creía en la paz. Por esas razones, Albert estaba contento de dejar el colegio y reunirse con su familia en Italia.

Los dos años siguientes constituyeron una de las épocas más felices de su vida. Visitaba museos, iba a conciertos y leía todo lo que caía en sus manos. Sus padres lamentaron que hubiera dejado el colegio, pero Albert les prometió que seguiría estudiando por su cuenta. Había aprendido por sí solo cálculo, un tipo de matemáticas muy avanzadas, y su curiosidad científica se había agudizado.

Incluso Jakob Einstein se dio cuenta de lo mucho que su sobrino había aprendido cuando el joven Albert resolvió un problema de ingeniería que a él lo había demorado en la construcción de una

máquina. "¿Sabes? —le dijo después a un buen amigo de Albert—. Mi sobrino es realmente fabuloso. Mi asistente y yo estuvimos varios días partiéndonos la cabeza con un problema, y ese jovencito vino y lo resolvió en quince minutos. Algún día será famoso".

En ese mismo período de dos años, Albert escribió su primer ensayo científico y lo envió a otro tío, que vivía en Alemania. El tema del ensayo era la relación entre la electricidad, el magnetismo y el éter. La mayoría de los científicos de esa época creía que el éter era una sustancia invisible. Decían que llenaba el espacio y transmitía ondas electromagnéticas. El joven Albert no estaba convencido de la existencia del éter, que es una especie de gas. Pensaba que la presencia del éter no se había demostrado, y lo dijo en su ensayo.

En 1896, cuando tenía diecisiete años, Albert ingresó en el Instituto Federal de Tecnología de Zurich, Suiza. Escogió la física como especialidad, pensando que trabajaría como profesor de esta misma materia, pero pronto se dio cuenta de que la física que enseñaban en el instituto era anticuada. Los profesores no lo sabían, pero los estudios que Albert había realizado por su cuenta eran mucho más avanzados que los de ellos.

Albert se graduó del instituto en 1900. Lamentablemente, tuvo que renunciar a la enseñanza. Sus profesores estaban molestos porque Albert les dijo que su modo de pensar era anticuado. El instituto no solo no quiso contratarlo, sino que se negó a recomendarlo para que trabajara en otro instituto. Albert tuvo que buscar una forma diferente de ganarse la vida.

# CAPÍTULO 7:
# *Grandes descubrimientos*

Albert tenía un buen amigo llamado Marcel Grossman. El padre de Marcel ayudó a Albert a conseguir trabajo en la Oficina de Patentes de Berna, Suiza. Albert formaba parte de un equipo que examinaba y registraba las solicitudes de patentes presentadas por los inventores suizos. Trabajó allí durante los siete años siguientes. Además, Albert estaba contento porque ese trabajo le dejaba bastante tiempo libre para estudiar física y matemáticas por su cuenta.

Como resultado de sus estudios, escribió una serie de ensayos científicos. Uno de ellos se titulaba *Una nueva forma de determinar el tamaño de las moléculas*.

Albert envió su ensayo a la Universidad de Zurich en 1905. En esa época, las universidades permitían que los estudiantes presentaran ensayos de gran mérito para obtener el doctorado de filosofía, sin necesidad de cursar formalmente todos los años de estudios. El ensayo de Einstein fue aceptado por la universidad y Albert obtuvo su título. Con ese título, podía enseñar en la universidad.

En 1905, Albert escribió un ensayo sobre su singular teoría de la relatividad. Esa teoría se refiere al movimiento uniforme en línea recta y a la velocidad constante. Supongamos, por ejemplo, que estás en un tren que se mueve a una velocidad constante y dejas caer un libro. El libro caería en línea recta y no en línea angular. Obtendrías el mismo resultado si estuvieras fuera del tren, de pie y sin moverte, e hicieras caer el libro. Si el tren se mueve a una velocidad constante y uniforme, la caída del libro al suelo no se verá afectada por el movimiento del tren.

Albert escribió otros ensayos que dieron origen al estudio de la energía atómica. Mucho de lo que hoy sabemos sobre los átomos y las moléculas y sobre la relación entre el espacio, el tiempo y la velocidad de la luz, proviene de las ideas de Einstein.

# CAPÍTULO 8:

# *"La mente más brillante del siglo XX"*

En 1921, Albert Einstein recibió el Premio Nobel de Física. En esa época, ya muchos lo consideraban el pensador más grande del siglo. Sus ideas habían revolucionado las ciencias, pero continuaron siendo teorías hasta la Segunda Guerra Mundial. Solo después de los primeros experimentos de fisión nuclear, las teorías de Einstein se hicieron realidad.

Uno de los resultados de su trabajo fue la invención de la bomba atómica, que ayudó a terminar la Segunda Guerra Mundial. Otros resultados fueron la creación de terapias de radiación para curar varios tipos de cáncer, el desarrollo de los rayos láser y la exploración espacial.

Albert pasó los últimos veintidós años de su vida, desde 1933 hasta su muerte, ocurrida el 18 de abril de 1955, en el Instituto de Estudios Avanzados de Princeton, Nueva Jersey. Albert era una figura familiar en la tranquila ciudad universitaria. El bondadoso anciano de cabeza blanca iba a pie todos los días de su casa a la oficina. Solo cuando hacía mucho calor o mucho frío, prefería ir en auto, en lugar de caminar.

Las caminatas le servían a Albert para pensar, pero siempre estaba dispuesto a detenerse para charlar con las personas que se le acercaban. Aunque muchos lo consideraban el genio más grande del siglo XX, Albert conversaba seriamente con cualquier persona de cualquier edad. Respetaba por igual a los niños, presidentes, primeros ministros y ganadores del Premio Nobel que lo visitaban.

Albert nunca abandonó el otro amor de su infancia, la música. Varios de sus mejores amigos del Instituto de Estudios Avanzados de Princeton eran músicos aficionados como él. Durante el día, los científicos trabajaban en problemas serios. Por la noche, tocaban música de Bach, Beethoven, Mozart, Brahms y Mendelssohn. Y finalmente, cuando ya era muy viejo para tocar el violín, pasaba sus tardes escuchando discos de la música que amaba. El don de la música que recibió de su madre siguió siendo uno de los grandes placeres de su vida.

El trabajo de Albert Einstein abrió las puertas del universo. En la actualidad, los científicos exploran el espacio, el origen del universo y los misterios de las partículas que constituyen el átomo, gracias al bondadoso genio amante de la paz: Albert Einstein.